DATE DUE

MORTIMER

TEXTO • ROBERT MUNSCH

ARTE • MICHAEL MARTCHENKO

Traducción
Yanitzia Canetti

annick press
toronto • new york • vancouver

Annick Press Ltd.

Agradecemos la ayuda prestada por el Consejo de Artes de Canadá (Canada Council for
the Arts), el Consejo de Artes de Ontario (Ontario Arts Council) y el Gobierno de Canadá
(Government of Canada) a través del programa Book Publishing Industry Development
Program (BPIDP) para nuestras actividades editoriales.

Cataloging in Publication Data
Munsch, Robert N., 1945-
[Mortimer. Spanish]
        Mortimer / Robert Munsch ; arte de Michael Martchenko ; traducción
de Yanitzia Canetti.

Translation of: Mortimer.
ISBN 978-1-55451-109-9

    I. Martchenko, Michael II. Canetti, Yanitzia, 1967- III. Title.
PS8576.U575M618 2007   jC813'.54   C2007-901712-6

Distribuido en Canadá por:
Firefly Books Ltd.
66 Leek Crescent
Richmond Hill, ON
L4B 1H1

Publicado en los U.S.A. por: Annick Press (U.S.) Ltd.
Distribuido en los U.S.A. por:
Firefly Books (U.S.) Inc.
P.O. Box 1338
Ellicott Station
Buffalo, NY 14205

Printed and bound in China

Visítenos en: www.annickpress.com

A Billy,
Sheila y
Kathleen
Cronin

Una noche, la mamá de Mortimer lo
llevó arriba para acostarlo:

                                    pum.
                          pum
                    pum
                pum
          pum
pum

Cuando llegaron al segundo piso, la
mamá de Mortimer abrió la puerta de
su cuarto.

Lo metió en la cama y le dijo:

MORTIMER, NO HAGAS RUIDO.

Mortimer asintió con la cabeza, "sí".

Su mamá cerró la puerta.
Después bajó las escaleras:
pum
      pum
            pum
                  pum
                        pum.
La mamá acababa de bajar, cuando
Mortimer empezó a cantar:

Ta tarará, tarará tararín
mi ruido no tendrá fin.
Ta tarará, tarará tararín
mi ruido no tendrá fin.

El papá de Mortimer escuchó aquel
escándalo, y subió las escaleras:

                           pum.
                    pum
                 pum
            pum
      pum
pum

Abrió la puerta y gritó:

MORTIMER, NO HAGAS RUIDO.

Mortimer asintió con la cabeza, "sí".

Su papá bajó las escaleras:
pum
    pum
        pum
            pum
                pum.

En cuanto llegó al último escalón,
Mortimer volvió a su canción:

Ta tarará, tarará tararín
mi ruido no tendrá fin.
Ta tarará, tarará tararín
mi ruido no tendrá fin.

Los diecisiete hermanos y hermanas
de Mortimer escucharon aquel escándalo, y todos subieron las escaleras:

                               pum.
                       pum
                   pum
               pum
           pum
pum

Abrieron la puerta y le gritaron a todo
pulmón:

MORTIMER, NO HAGAS RUIDO.

Mortimer asintió con la cabeza, "sí".

Sus hermanos y hermanas cerraron la
puerta y bajaron las escaleras:
pum
      pum
           pum
                pum
                      pum.

En cuanto llegaron al último escalón,
Mortimer volvió a su canción:

Ta tarará, tarará tararín
mi ruido no tendrá fin.
Ta tarará, tarará tararín
mi ruido no tendrá fin.

Se enojaron tanto que llamaron a la policía. Dos policías llegaron y subieron las escaleras lentamente:

                              pum.

                    pum

                pum

            pum

        pum

pum

Abrieron la puerta y le dijeron con una aterradora voz de policía:

MORTIMER, NO HAGAS RUIDO.

Los policías cerraron la puerta y
bajaron las escaleras:
pum
    pum
        pum
            pum
                pum.

En cuanto llegaron al último escalón,
Mortimer volvió a su canción:

Ta tarará, tarará tararín
mi ruido no tendrá fin.
Ta tarará, tarará tararín
mi ruido no tendrá fin.

En fin, ninguno de los que estaba abajo sabía qué hacer.

La mamá empezó a discutir con los policías.

El papá empezó a discutir con los hermanos y hermanas.

Y arriba, Mortimer se cansó tanto de esperar a que alguien subiera, que se quedó dormido.

The *Munsch for Kids* series

The Dark
Mud Puddle
The Paper Bag Princess
The Boy in the Drawer
Jonathan Cleaned Up, Then He Heard a Sound
Murmel, Murmel, Murmel
Millicent and the Wind
Mortimer
The Fire Station
Angela's Airplane
David's Father
Thomas' Snowsuit
50 Below Zero
I Have to Go!
Moira's Birthday
A Promise is a Promise
Pigs
Something Good
Show and Tell
Purple, Green and Yellow
Wait and See
Where is Gah-Ning?
From Far Away
Stephanie's Ponytail
Munschworks: The First Munsch Collection
Munschworks 2: The Second Munsch Treasury
Munschworks 3: The Third Munsch Treasury
Munschworks 4: The Third Munsch Treasury
The Munschworks Grand Treasury

Libros de la serie *Munsch for Kids* son:

Los cochinos
El muchacho en la gaveta
Agú, Agú, Agú
El cumpleaños de Moira
Verde, Violeta y Amarillo
Bola de Mugre
La princesa vestida con una bolsa de papel
El papá de David
El avión de Ángela
La estación de los bomberos
La cola de caballo de Estefanía
!Tengo que iri
Traje de nieve de Tomás
Jonathan limpió... luego un ruido escuchó
Mortmer
La sorpresa del salón
50 grados bajo cero